1908 - Mars - 1 -

VENTE
2ᵉ Partie
MANOIR DE BOSSUET
à BELLEVUE
3, rue du Bel-Air, 3

Le Dimanche 1ᵉʳ Mars 1908
à 2 heures précises
et Lundi 2 s'il y a lieu

EXPOSITION PUBLIQUE
Vendredi 28
et Samedi 29 Février 1908
de 2 h. à 6 h.

TABLEAUX ·· DESSINS
Meubles, Porcelaines, Bronzes
TAPISSERIES

PAR LE MINISTÈRE DE

Mᵉ **Pierre NICOLLE**

Greffier à Sèvres

ASSITÉ DE

M. F. BILLEN, Expert

14, rue Mayet, Paris

IMPRIMERIE E. PAILLET
121, RUE DU CHERCHE-
MIDI, 121, PARIS, VIe ARRt

CATALOGUE

des

TABLEAUX, DESSINS
Tapisseries

MEUBLES, BRONZES, OBJETS D'ART
BIJOUX & PORCELAINES

dont la vente aux Enchères publiques aura lieu :

3, rue du Bel-Air, à Bellevue

le Dimanche 1er Mars 1908 et Lundi 2 s'il y a lieu, à 2 h. précises.

Par le Ministère
de Me Pierre NICOLLE
GREFFIER
du Canton de SÈVRES

Assisté
de M. BILLEN
EXPERT
14, Rue Mayet, PARIS

EXPOSITION PUBLIQUE :

Les Vendredi 28 et Samedi 29 Février 1908, de 2 h. à 6 h.

ITINÉRAIRE.— Descendre à la gare de Bellevue, prendre en face la rue des Potagers, tourner à gauche rue de la Tour, suivre cette dernière jusqu'à la rue du Bel-Air.

CONDITIONS DE LA VENTE

Elle sera faite au comptant.

Les adjudicataires paieront dix pour cent en sus des enchères.

L'ordre numérique du catalogue ne sera pas suivi.

DÉSIGNATION

Tableaux

ZIEM

1. — Le grand Canal à Venise   *(Panneau, dim. 62 × 52).*

Sous un ciel azuré, le canal avec ses eaux bleues transparentes, à droite, les quais avec ses maisons pittoresques, à gauche, dans l'éloignement, des pontons ; au premier plan une barque chargée de pêcheurs aux casaques de couleurs voyantes ; plus loin des barques de pêche aux voiles déployées gracieusement inclinées sur l'eau par la brise.

Signé en bas, à gauche : **ZIEM.**

ZIEM

2. — Bords de mer.   *(Panneau, dim. 62 × 52).*

Un groupe de trois jeunes vénitiennes aux toilettes de couleurs vives admirent l'esquisse que vient d'ébaucher une autre jeune femme assise devant un chevalet.

A gauche de ce groupe un calvaire surmonté d'un drapeau capricieusement agité par le vent ; à droite un yacht avec ses voiles déployées ; plus loin apparaît la ville en perspective : à gauche dans le lointain une chaîne de montagnes.

Signé en bas, à droite : **ZIEM.**

HARPIGNIES

3. — Le chemin.   *(Toile de 2 m.).*

Entre deux monticules, un chemin; à droite un groupe d'arbres dont le feuillage surplombe, dans le fond à gauche un mamelon isolé.

Signé en bas, à gauche : HARPIGNIES.

CORDOVA (de)

4. — Le repos du modèle.   *(Toile, dim. 68 × 85).*

Un atelier d'artiste ; en admiration devant l'œuvre commencée une très jolie jeune femme nue (le modèle) assise une riche étoffe jetée sur ses genoux à côté d'elle l'artiste debout admire sa toile.

Signé à droite, en bas : CORDOVA, 95 (Tableau du Salon).

RICHET (Léon).

5. — Le marais.   *(Toile de 12, paysage).*

Dans la plaine verdoyante un bouquet d'arbres dont les hautes cimes viennent se refléter dans un marais : à gauche, une paysanne avec son sceau vient chercher de l'eau.

Signé en bas, à gauche : LÉON RICHET.

BESNARD (Albert).

6. — Tête d'Enfant.   *(Pastel, dim. 38 × 50).*

Signé en haut, à gauche : BESNARD, 30 m. 1885.

BESNARD (Albert).

7. — Maternité.   *(Panneaux : 30 × 50).*

Bébé à la figure joufflue et heureuse, joue avec des fleurs tout en souriant à sa mère qui le regarde.

Signé en bas, à gauche : BESNARD.

LOUISE ABBEMA

8. — Mélancolie.   *(Toile. dim. 92 × 85).*

Une jeune femme au riche costume du moyen âge, le coude appuyé sur un balcon s'abandonne à la rêverie, sa tête blonde cerclée d'un diadème ressort sur les tons chauds d'une lourde draperie rouge.

Signé en bas, à gauche : LOUISE ABBÉMA.

LOUISE ABBÉMA

9. — Les pavots.   *(Toile de 60 × 45).*

Buste de jeune femme à l'air éveillé, gracieusement encadrée dans une guirlande de pavots.

Signé en bas, à gauche : LOUISE ABBÉMA.

LE POITTEVIN

10. — Camp de brigands.   *(Toile. dim. 1 m. × 90).*

Sous un ciel crépusculaire, le soleil couchant dorant l'aspect poétique de la plaine romaine ; à droite, sur des ruines au bord d'un lac, un campement de brigands dont le chef debout sur une pierre surplombant l'eau regarde l'horizon.

Les autres individus de la bande, femmes et hommes, assis ou couchés nonchalemment.

Signé à gauche, en bas : Eug. LE POITTEVIN, 1885.

COROT

11. — Paysage romain.   *(Dessin. dim. 46 × 55) important.*

Des arbres séculaires à gauche sous l'ombrage desquels une Italienne est assise par terre causant à un enfant ; à droite, une statue antique de pierre ; dans le fond des ruines.

Signé en bas, à gauche : COROT.

LAURENS (Jean=Paul).

12. — La mort de Galswinthe.   *(Lavis relevé de blanc. dim. 58 × 53).*

A droite dans une chambre on aperçoit à la pâle clarté filtrant au travers du vitrail d'une fenêtre Galswinthe étendue sur son lit de mort; au pied de son lit assis la tête appuyée sur sa main la physionomie empreinte de douleur, son mari Chilpéric Ier. A gauche debout devant l'âtre d'une grande cheminée, Frédégonde dans une pose tragique, la physionomie mauvaise.

En bas, à droite, le monogramme de l'artiste.

CONSTANT (Benjamin).

13. — Le marabout.   *(Conté relevé de blanc. dim. 50 × 33).*

Devant un tombeau un vieux marabout nègre assis joue d'un instrument; dans le lointain à droite apparaît une ville marocaine.

Signé en bas, à droite : CONSTANT.

(A gauche musicien nègre, Maroc.)

DIAZ

14. — Petit tableau, personnages.   *(Dim. 22 × 17).*

Signé en bas, et à gauche : DIAZ.

GUÉRIN

15. — L'enlèvement de Proserpine *(miniature).*

DUMOUY (Eléve de J.-P. Flandrin).

16. — Paysage d'été. *(Toile, dim. 41 × 31).*

Un château entouré d'un lac au milieu d'un jardin aux arbres secu-
laires et aux feuillages épais ; à gauche. dans une barque, deux
jeunes femmes en toilettes claires pêchent à la ligne. A l'arrière de
la barque, un vieillard plongé dans la lecture d'un livre.

Signé à gauche sur la barque : DUMOUY, 1875.

VOSS (C.)

17. — L'ange Gabriel. *(Toile, dim. 66 × 48).*

Sujet religieux aux colorations très chaudes, deux personnages.

Signé à gauche. en bas : C. VOSS, 94.

FURT

18. — Hauteur de Parmain. *(Toile de 10, paysage).*
Lever de soleil, effets remarquables de lumière.

Signé à droite. en bas : FURT.

BOUFFARD (A.)

19. — Le récit du chasseur. *(Toile, dim. 1 m. 10 × 1 m.).*

Dans un cabaret, trois chasseurs attablés derrière lesquels une
servante se tient debout, écoutent attentivement le récit empoignant
que leur fait un 4e chasseur qui captive leur attention ; un épagneul
gravement assis ne le quitte pas du regard.

Signé en bas. à gauche : O. BOUFFARD.

CLAIRIN (G).

20. — **Bacchantes allant au Sabbat.**   (*Toile, dim.* 1 m. ✕ 1 m. 65).

Ce tableau d'une conception magistrale est l'original d'après lequel a été exécuté le panneau décoratif représentant le même sujet au grand salon de la brasserie Pousset.

Nuée de Bacchantes se rendant au Sabbat dans une danse échevelée au travers de tonalités sombres de rouge et de vert.

Signé en bas, à gauche : G. CLAIRIN.

ARY SCHEFFER

21. — **L'aveugle.**   (*Toile, dim.* 1 m. 30 ✕ 0 m. 95).

Un mendiant aveugle à la barbe hirsute tenant sur son bras gauche un jeune enfant endormi, la main droite appuyée sur l'épaule d'une fillette à la physionomie douce et navrée.

Signé à droite, en bas : ARY SCHEFFER.

WASINGTON

22. — **Fête turque.**   (*Toile très importante, dim.* 2 ✕ 1 m. 30).

Sous un ciel bleu sans un nuage une fête à Smyrne ; partout c'est l'animation, on ressent la gaîté qui s'échappe de cette foule grouillante d'indigènes aux costumes pittoresques qui se rendent les uns à un carrousel, les autres cavaliers fiers et orgueilleux sur leurs chevaux arabes allant à la fantasia.

Signé à gauche, en bas : WASINGTON.

VAN MARC

23. — **Pâturage.**   (*Dessin, dim.* 40 ✕ 28).

Plaine de la Beauce avec nombreux bétails couchés.

Signé à gauche, en bas : Eugène VAN MARC.

GRANET

24. — **Intérieur de cloître.** (*Toile, dim. 0 m. 45 × 0 m. 84*).

Dans un cloître une fenêtre aux vitraux multicolores projette sa lumière sur les marches d'un escalier qu'un moine descend. .

Signé à droite : GRANET, 1827.

GEO DICKINSON

25. — **L'Antiquaire.** *Toile, dim. 1 m. 32 × 0 m. 84.*

Un vieillard à la grande barbe blanche regarde à la loupe à la clarté d'une lampe une plaque gravée. A gauche, une pile de vieux livres.

Signé à droite, en haut : GEO DICKINSON, 1877.

E. BRISSET

26. — **Episode de Reischoffen.** (*Toile de 1 m. 80*)

Au travers de la fumée occasionnée par la poudre, le galop d'un attelage d'artillerie, nos artilleurs cherchant à sauver leurs pièces aux hussards prussiens qui les attaquent avec furie. A gauche, dans le fond, une charge de cuirassiers contre les carrés allemands.

Signé à gauche, en bas : E. BRISSET.

FURT

27. — **Bords de la Marne.** (*Toile de 10, paysage*).

Sous des arbres touffus bordant la rivière, dans une éclaircie, un pêcheur attentif aux mouvements de sa ligne ; auprès de lui une barque ; dans le centre, au fond d'une avenue, une guinguette en perspective.

Signé à droite, en bas : FURT.

FURT

28. — Bords de l'Oise.
(Toile de 10, paysage).
Signé à droite, en bas : FURT.

ÉCOLE DE FRAGONARD

29. — Tableau, scène mythologique, nymphe dans un paysage.

ÉCOLE ITALIENNE

30. — Esquisse religieuse.
(Sanguine).

ÉCOLE HOLLANDAISE (1605-1683)

31. — Les Bergers.
(Panneau, dim. 0 m. 46 × 0 m. 42).
Attribué à ALBERT CUYP.
A droite sur un monticule, un arbre isolé abrite sous son ombrage un groupe de quatre bouviers et bergères ; à gauche, une ferme entourée d'arbres sur un fond de montagne.

ÉCOLE VÉNITIENNE

32. — La Bethsabée au bain.
Attribué à TIEPOLO (1692-1748).
(Toile de 1 m. × 1 m. 30).

ECOLE FLORENTINE (XIVᵉ siècle.)

33. — La déposition de la croix.
(Panneau, dim. 55 × 40).
Genre Bondone, dit Giotto.

34. — Très jolie miniature femme, de GIBERT.

Tapisseries

35 à 38. — **Une série de 4 tapisseries** d'Aubusson, d'époque **Louis XIV**, dont chacune mesure 3 m. 50 × 2 m. 50, tapisseries très belles et très importantes représentant des sujets allégoriques avec bordures; très jolies de tons, avec rouges.

38 *bis*. — **10 portières tapisseries Aubusson Louis XVI**, tramées or, dont 2 portières doubles.

39. — Très beau tapis de la Savonnerie.

Livres

40. — **Catalogue complet** de la collection SPITZER.
2 volumes et 1 carton contenant 66 planches en photogravures.

41. — **Bible** du XVIIe siècle.
Histoire du Vieux et du Nouveau Testament, par le maître de Sacy, sous le nom de Royaumont, prieur de Sombreval. Ouvrage très intéressant agrémenté de nombreuses gravures. reliure ancienne.

Porcelaines

42. — **Très beau service à café et à thé**, en porcelaine de Limoges, style Empire, composé de 6 tasses à café avec soucoupes et 6 tasses à thé.

43. — Très important **service de table**, porcelaine de Limoges.

44. — **3 plats longs** vieux Chine décorés fleurs et oiseaux.

45. — Plusieurs **assiettes vieux Chine** décorées fleurs et personnages.

46. — **2 potiches** Chine famille Rose.

47. — **2 potiches** faïence de Satuzma.

48. — **Vide-poche**, faïence de Satuzma, garniture bronze.

49. — **Vase Saxe** avec socle de bronze.

50. — **Buste biscuit**, Louis XVI enfant.

51. — **2 statuettes**, faïence de Niederviller.

52. — Plusieurs **plats** Chine.

53. — **Bol**, vieux Sèvres.

Bijoux

ET OBJETS DE VITRINE

72. — 2 petits carrosses argent.

73. — Verre garniture argent.

74. — Flacon de sels, garniture argent.

75. — Croix de la Légion d'honneur, ornée de brillants et de roses.

76. — Revolver.

77. — Très bel éventail d'époque Louis XV.

78. — Petit portrait Louis XVIII, marbre.

79. — Bague ancienne or.

80. — Bague ancienne or bas.

81. — Bague perles baroques, entourage brillants.

82. — Pendantif, 2 perles baroques et roses.

83. — Bague femme, rubis reconstitués et brillants.

84. — Bague femme, marquise, brillants, roses et rubis d'Orient.

85. — Médaillon cœur, roses et rubis d'Orient.

86. — Broche forme couronne or, rubis d'Orient et émeraudes (fausses perles).

87. — Sautoir argent.

88. — 6 poignards et ciseaux persans.

MEUBLES ET OBJETS DIVERS

FIN